KB062495

당신이 전태일입니다

b판시선 65

표성배 시집

당신이 전태일입니다

도서출판 b

전태일은 누구의 전태일이 아닙니다.

모두의 전태일입니다.

2023년 가을 마산에서

표성배

|차 례|

제3부

제1부

당신은 아프다

내가 아프다 아프다 소리 내지 않아도
당신은 아프다
내 몸이 아플 때 당신 몸이 먼저 아팠던 것처럼
당신은 오늘도 아프다
그 아픔이 동서남북 산맥처럼 뻗지 않은 곳이 없다
타고난 운명이라고도 말하지 말자
밥을 위해 밥을 굶어야 하는 형벌을
십자가처럼 짊어진 사람들
그 사람들이 놓지 못한 하루가, 잡히지 않는 내일이
까마득한 굴뚝 위에서 연기처럼 사라지고 있다
화려한 광고판에 매달려 광고를 해도
눈길 한번 받지 못하고 있다
잊히어 왔고 잊히고 말 사람들
그들이 내는 신음이 지상을 가득 메우고 있다
"근로기준법을 준수하라"
"우리는 기계가 아니다"
"노동자를 혹사하지 말라"
당신이 당신의 몸에 십자가를 질 수밖에 없었던

그 고난의 시간이 무한정 아프다
그러나 이 피맺힌 절규가
반지하 현관문 하나 열지 못하고 있다
기계 앞을 떠나지 못하는
어린 노동자 어깨 하나 감싸주지 못하고 있다
새벽부터 택배 박스를 분리하는
저 가녀린 허리 하나 똑바로 세워주지 못하고 있다
얇은 외투 하나로 겨울을 건너는 사람들
그 손 한번 따뜻이 잡아주지 못하고 있다
봄날 맑은 햇살이 되고자 했던 당신
어린 여공에게 단 하루 실컷
잠이라도 자게 해주고 싶다던 당신
그런 당신이 아직도 십자가를 내려놓지 못하고 있다
아니, 영영 내려놓지 못할지 모른다

그동안

당신이 쇠를 깎으며
하루하루 뼈를 깎아 내는 동안
당신이 망치질하며
한 땀 한 땀 땅을 다지는 동안
당신이 자동차를 조립하며
시간을 조이고 조이는 동안
당신이 용접하거나
페인트칠하거나
그라인더 작업하거나
컴퓨터 앞을 한시도 벗어나지 못하거나
밥하며 정성을 쏟거나
계단 청소를 하는 동안
— 아으
오십 년이 훌쩍 지났다
동안
그동안
가슴 졸이며
아이들은 어른이 되어

여전히 망치질하고

쇠를 깎고

밥하고

자판을 두들기고

페인트칠하고

야간경비를 서면서

— 아으

또, 오십 년이 지나가겠다

훌쩍 지나가겠다

— 아으

— 아으 다롱디리

가장 따스한 집

어둠의 무리를 뚫고
주춧돌이 하나하나 놓이고
기둥이 하나둘 세워지고
드디어 대들보가 올랐다
백 년 이백 년 무너지지 않는 집이 될 것이라
환호했지만 김칫국을 너무 일찍 마셨다
환호성이 채 사라지기도 전에
주춧돌이 내려앉고 대들보가 흔들렸다
조합 간부 할 사람이 없어 —
집회에 나오라면 다들 꽁무니부터 빼
카톡 아니면 전달도 잘 안 돼
유인물을 나눠주면 바로 쓰레기통이야!
연대투쟁은 지랄 —
노예 같은 삶을 강요했던
사용자와 국가 권력에 맞서
피로 세운 집
그 집을 지키기 위해
다시 목숨을 걸어야 할지 모른다

따뜻한 밥 한 그릇이 어디서 오는가
거친 동료의 손을 잡아본다
너와 나 사이를 가로막는
저 사악한 무리의 귓속말을 떨쳐버리는 것
대문이 굳게 닫힌 집에는
따뜻한 밥이란 없다
수많은 전태일이 만들고 지키고자 했던
노동조합
그 집이 위험하다

전태일은 살아 있다

그가 대통령이 되었다
청계천 전태일 동상 앞에서
해고를 자유롭게 하는 것을 반대한다며
묵념하고 기념사진을 찍으며
정작 그는 무슨 생각을 했을까
120시간 노동이라며
주 52시간제 폐지를 생각했을까
손발 노동은 아프리카에서나 하는 것이라며
4백만 손발 노동자 등에 칼을 꽂으며
음흉한 웃음을 흘렸을까
기업의 일자리 창출을 방해하는
일체 규제를 없애겠다
임금 체계를 연공서열에서 직무급제로 바꾸고
해고가 자유로운 나라를 만들겠다
임금 차이가 없으면 정규직 비정규직이
큰 의미가 없다며
수많은 젊은 노동자 미래를 짓밟고
150만 원 받고도 일할 사람 많다며

최저임금제 폐지를 생각했을까
하루에 일하다 죽어가는 노동자가
육칠 명이나 되는데도
중대재해처벌법을 폐지하겠다는 생각을 했을까
근로기준법을 지키라며 온몸으로
검은 장벽을 걷어 내고자 했던 전태일 동상 앞에서
노동조합을 미래 약탈 세력이라고
언론노조를 강성 노조의 전위대라 씹으며
죽은 전태일과 살아 있는 전태일을
갈라치기하며 쾌재를 불렀을까
2022년 3월 10일 새벽
그가 대한민국 대통령이 되었다
대통령이 된 날
이 땅,
살아 있는 전태일은 전의를 불태우고
죽은 수많은 전태일이 일제히 부활했다

당신이 전태일입니다

1979년 철공소에서 시작한 일이
2023년이 되어도 공장을 떠나지 못하고
종종거리고 있다
하루 여덟 시간 모이를 쪼아
배고픈 비둘기들이 이루고자 했던 꿈
노동이 존중받는
노동에 귀천이 없는 나라
그런 나라에 살고 싶다
근로 시간이 줄고 귀족 노조가 어떻고 하지만
여전히 알 수 없는 내일,
단순히 먹고살기 위한 노동에서
희망의 노동으로
조금씩 환경이 바뀔 때마다
그곳엔 분명 전태일이 있었다
1970년 11월 13일
근로기준법으로부터 노동자가 소외될 때
노동으로부터 노동자가 소외될 때
기계로부터 노동자가 소외될 때

심지어 노동자로부터 노동자가 소외될 때도
전태일은 그 자리에 서 있었다
대한민국 방방곡곡,
노동자들이 더는 내려갈 곳 없는 그곳에
전태일이 먼저 가 있었다
더는 올라갈 곳 없는 그곳에도
전태일이 먼저 가 있었다
1970년 평화시장에서도
2023년 내가 다니는 중소기업에도
당신과 함께 공장에 제일 먼저 들어서고
제일 늦게 퇴근하는 당신,
당신이 전태일이다

제2부

1994년 11월 13일

누가 시간을 만들었나
나누고 나뉜 시간에 기대어
오늘을 살고 내일을 기다리며
힘을 얻는 사람들,
오늘은 11월 13일 전국 노동자가
한곳에 모이는 날
이런 날 아내와 신혼살림을 차렸다
하늘은 맑고 맑아 날짜를 기억하기 좋았다
달력에 빨갛게 동그라미 치지 않아도
고속도로처럼 뻥 뚫린 하늘
무엇을 해도 잘 풀릴 것만 같은 날
구름 하나 없는 하늘에 날짜를 새겨본다
11월 13일
스물두 살, 청년 전태일이 부활하는 날
아내와 내일을 꿈꾸며
친구 용달차에 이삿짐을 싣고 옮기는데
길이 꽉 막혔다
아내와 나는 오늘이 무슨 날인지 잘 알기에

내일에 대한 막연한 불안처럼

어림짐작만 했다

이사하는 날은 짜장면을 먹는 날

둘이 살기에 이만하면 됐다는 덕담에도

짜장면이 짧게 끊어졌다

이삿짐을 정리하느라

어수선한 밤을 보내고 출근하는데

아침 7시 뉴스가 왕왕— 거렸다

서울 시내 곳곳 도로가 막히고

시민들이 큰 불편을 겪었다는

달랑, 그것뿐이었다

1970년 11월 13일

아내가 태어났다
시골 작은 마을에서 으앙― 울음을 터뜨릴 때
나는 의령 매봉산 첩첩 골골 아래
할머니 뒤를 따라다니느라 내내 종종거렸다
벽과 벽 너머를 모르듯
먼 훗날과 먼 훗날을 알 수 없지만
아내와 내가 만나 혼인할 줄 몰랐듯
1970년 11월 13일
이날이 특별한 날 될 줄 몰랐다
1964년 열일곱에 평화시장 피복 공장
미싱사 보조로 취직했던 그는
1969년 재단사 친목 모임 '바보회'를 조직하고
평화시장 노동 실태 조사
개선 방안을 노동청에 제출한 후 해고되었다
9월, 다시 재단사로 취직 '삼동친목회' 결성
노동청에 '평화시장 피복 제품상 종업원 근로 개선 진정
서'를
다시 제출한 후 선처를 약속받았지만

시정 약속 기한까지 아무런 소식이 없었다
그는 동료들과 피켓 시위를 계획했다
1970년 11월 13일이었다
시위 직전 경찰에 의해 강제 해산당하자
분신을 감행
화염에 휩싸인 채
"우리는 기계가 아니다"
"근로기준법을 준수하라"
"노동자를 혹사하지 말라" 부르짖으며
죽어갔다
1970년 아내가 태어나고
그가 다시 태어났다

마산수출자유지역

1975년 전기가 들어왔다
전기선을 타고
형들은 빠르게 도시로 빠져나갔다
라디오 소리만 듣고 고향을 떠난 형들이
전기선을 타고 들어와서는
동생들을 도시로 더 빠르게 데려갔다
형들과 누나들이 고향에 오는 날엔
나도 고향을 떠나고 싶어
형들이 하는 이야기에 가슴이 윙윙거렸다.
마산수출자유지역이 어떻고
창원공단이 어떻고 — 윙윙
밤새 전기선을 타고 고향을 떠나는 꿈을 꿨다
마산수출자유지역은
1970년에 '수출자유지역설치법'이 제정되고
1972년에 공장이 돌아가기 시작하자
어린 여공들이 구름처럼 몰려들었다
누구나 수출 역군이 될 수 있었지만
저임금에 장시간 노동에

관리자의 폭언과 산업 재해로
꽃다운 청춘을 묻어야 했다
서울 평화시장에는 근로기준법을 지키라며
불꽃이 된 전태일이 있었지만
서울에서 마산까지는 너무 멀어
그 외침이 들리지 않았다
수출탑이 층층 화려해질수록
꽃 같은 누이들은 점점 시들어 갔고
더 이상 고향에서는 전기선이 울지 않았다

지금도 철공소에는

골목을 돌아서니
또, 골목이다 한정 없이 캄캄한
1979년 열다섯 살 키가 다 자라기도 전에
나는 철공소에 취직했다
1970년 서울 평화시장에서
무슨 일이 있었는지 알 턱이 없는
빡빡머리 시다들 올망졸망
악다구니 속에서 기술을 익히려 애썼다
좀 더 나은 대우를 해주는
공장으로 옮기는 게
유일한 목표였던 철공소,
1981년 형들이 어깨를 두드려 주어
야간 고등공민학교에 입학했다
선생님들이 교과서 내용도
잘 가르쳐 주었지만
교과서에 나오지 않는 내용도
상세하게 가르쳐 주었다
형들과 누나들을 따라다니며

교과서 안 공부보다
교과서 밖 공부를 더 열심히 했다
그러자 멀리 있는 별들이 점차 가깝게 보였다
하지만, 근로기준법을 지키라며
전태일이 분신까지 했다는데
목숨까지 바쳤다는데
그의 목소리가 이리도 생생하게 들리는데
지금도 철공소에는
근로기준법이 그림의 떡이다

전태일을 만나다

대학교 나오면
넥타이 매고 에어컨 아래
구두 신고 책상 위에 다리 뻗어 신문 읽으며
그렇게 사는 줄 알았다
공부해서 남 주나 ─ 공부해라
그래야 성공한다
공부는 아무나 하는 게 아니었다
책상 앞에 앉아 기계소리를 들으며
밤마다 하늘로 오르는 동아줄을 탔다
줄은 가늘고 짧고 흔들리고 불안했다
그럴수록 단단하게 땅을 다졌다
나무는 튼튼해지고 가지는 울창했다
그 울 속에서 낮엔 철공소에서 일하고
밤엔 대학생이 되는 꿈을 꿨다
대학생 친구 한 명만 있으면 했던
전태일의 말을 따랐던 것은 아니지만
나도 대학생이 되고 싶었다
하늘의 별이 땅에서 빛나기 시작할 때

근로기준법을 공부하고
노동조합을 만들고자 뛰어다니고
노동조합 활동을 했다
넥타이 매고 에어컨 밑에서
신문 읽는 게 성공한 게 아니라는 것도
대학생을 꿈꾸며 알게 되었다
대학생 친구 한 명만 있으면 했던 그였지만
나에게는 그가 대학생이었다
철공소에서 만난 형들이 대학생이었다
야간 고등공민학교에서 만난 친구들이
대학생이었다
야학 선생님이 대학생이었다

노동자는 노동자다

내일이 없다
독립운동하는 심정으로 하루를 살자
표어가 아니다
가난이 만든 나의 다짐,
간절함이 피었다 지는 봄꽃 같았던 시절
1982년 마산 부림시장과 합성동을 잇는
3 · 15대로가 뻥 — 뚫렸다
아침에 출근하고 늦은 밤 퇴근하는 형들은
손에 익은 기술을 견장처럼 달고
창원공단에 일자리를 잡아 떠나려 했고
아침에 출근하고 저녁에 학교 가는 나는
아직 덜 익숙한 기술이지만
어떻게 하면 철공소를 떠날까
3 · 15대로를 따라 출근하고 퇴근하며
하루하루 별을 매달았다
쉬는 날 형들과 자전거를 빌려 타고
공단 대로를 달리다 보면
내 꿈이 이루어진 것처럼 가슴이 뻥 — 뚫렸다

하지만, 거대한 공장 앞에 섰을 때는
먼저 기가 죽어 숨소리마저 오그라들었다
철공소와 큰 공장이 다르고
그 속에서 일하는 노동자가 다르다는
형들 이야기를 들으며 나는 가슴이 뛰었다
노동자는 노동자인데
왜 같은 노동자가 아닐까?
발부리에 돌멩이가 차일수록 간절함은 별이 되었다
하늘에 별이 하나둘 늘어날수록
내일이 더욱 뚜렷하게 보였다

노비산에서 별을 보다

북마산파출소와 태양극장이 있는
노비산 정상에 선화고등공민학교*가 있다
학교에서 바라보면 마산 앞바다는 푸근했고
무학산은 어깨가 우람했다
건물이 낡아 빗물이 새기도 했지만
별빛이 내려오기도 했다
저녁마다 골목을 돌아 노비산 정상에 모여든
또래 어린 노동자들,
공장 일이 힘들어도 이곳에선 두 눈이 빛났다
노비산은 민족시인이라 칭하는
이은상과 떼 놓을 수 없는 곳이다
나도 학교에서 노산 이은상 노산 이은상
외우며 가슴에 새기기도 했다
내가 시를 쓰면서 알게 되었지만
민족시인이라 추앙받는 이은상은
독재자 이승만을 이순신이라 칭하고
3·15 마산의거를 지성 잃은 데모라 폄훼했다
박정희 10월 유신을 지지했으며

36

전두환 독재 정권 국정자문위원을 맡기도 했다
마산역 광장 한쪽에는 이은상을 미화하고
친일 이은상과 독재 찬양을 규탄하는
조형물이 나란히 서 있다
시는 이렇게 써야 한다고
내가 이야기할 처지는 아니지만
이은상이 쓴 시에는 철공소 이야기도
수출자유지역 어린 노동자 이야기도 없다
노비산에서 별을 보고 꿈을 키운
어린 노동자들 앞에 부끄러운 일이다

* 선화고등공민학교는 마산 노비산 정상에 학사가 있었다. 중학교 과정으로 검정고시를
  응시해서 합격해야 졸업 자격이 주어졌다.

나는 노동자다

1986년 군에 징집되었다
낮에 방위병으로 복무하고
밤에 철공소에서 일했다
명령에 살고 명령에 죽는다는 군인
사나이로 태어나 할 일도 많은데
시민과 학생이 데모한다고
공장에서 기술 배우듯 데모 진압 훈련을 배웠다
낮에 방위병으로 데모 진압 훈련을 하고
밤에 노동자로 밥그릇 걱정을 하는 동안
나는 군인인가?
나는 노동자인가? 헛갈렸다
사나이로 태어나 하는 일에 책임감이 솟을 때는
밥 한 그릇이 중했고
사나이로 태어나 하는 일에 충성심이 솟을 때는
나라가 걱정이었다
낮에 철공소에서 일하고 밤에 공부할 때나
낮에 방위병으로 복무하고
밤에 철공소에서 일할 때나 바뀌지 않는 것은

내가 노동자라는 것,
내가 노동자라는 것을 잊지 않았는지
가슴에 손을 얹어 보기도 전에
우리는 기계가 아니다
노동자를 혹사하지 말라
그의 목소리가 먼저 들렸다

당신의 별

당신 그림자라도 밟지 마라
간절함이 하늘에 닿아
오늘 별빛으로 빛나나니
바람이 없으면 깃발은 흔들리지 않는다
세상은 혼자 살 수 없다는 게
당신이 바람이 되어 증명하고 있다
하루 11시간 노동에도
쉽게 일요일 작업을 거부하지 못했던 이유를
말하지 않아도 알고 있기 때문이다
잡아주는 손이 없었다면
잡아주었던 그 손을 잊었다면
밥 한 그릇이 어디서 왔는지 곰곰
생각하게 되는 저녁이면
지난 시간이 통째로 부끄럽다
함께 철공소 시다였던
친구들은 어디서 무슨 별이 되어 있을까
무슨 빛깔로 제 빛을 발하기나 할까
일용할 양식을 위해

돌다리를 두드렸던 아버지 어머니
주경야독이 유행가처럼
휩쓸고 지나갔던 마산수출자유지역
몸은 비둘기호에 앉았는데
마음은 KTX를 타고 달린다
하루 종일 신발 공장에서 일하고 있는
두 분 누님이 서 있다
찌든 고무 냄새가 밴
두 분 누님 손을 잡아본다
아버지 어머니 앞에
나는 깃대도 바람도 되지 못했다

공짜는 없다

일요일 하루 쉬는 것도
반장 눈치 보던 시절
토요일 오전 일 마치고 퇴근하면
무슨 별천지 같았지
해가 중천인데 퇴근이라 상상이나 했겠나
지금도 5인 미만 사업장에서는
토요일 8시간 꼬박 일하지만,
1991년 9월까지 모든 사업장에서
주 44시간 노동을 하도록 규정하였으니
토요일 오후는 황금시간이 되었지
일을 더 하면 임금이 늘어났고
퇴근하면 소풍날 같았던
주 44시간, 토요일 오전 근무가
그냥 주어진 줄 알았네
많은 전태일이 해고되고 구속된
피 묻은 결과물이라는 것을 모른 체
토요일 오전 일 마치고 퇴근하며
룰루랄라—

룰루랄라 ─

공짜 밥 먹고도 이유를 알려 하지 않았네

세상에 공짜가 어디 있어

주어진 자유는 자유가 아니었네

언제 호주머니를 털어갈지 몰라

호시탐탐 노리는 눈들이 있다는 것을 몰랐네

지금은 주 40시간, 그것도 주 52시간제

제도만 놓고 보면

노동자 삶이 획기적으로 변한 것처럼 보이지만

아직도 햇볕이 들지 않는 골짜기는 깊고 깊기만 하네

2022년 대통령 선거가 말해주고 있네

세상에는 공짜가 없다고

그럼 ─ 없고말고

전태일은 이미 내 옆에 있었다

철공소에서 시다로 일할 때는
전태일이 있는 줄 몰랐다
내가 몰랐지만
전태일은 이미 내 옆에 있었다
전태일 이름 석 자를 들었을 때
전태일은 평화시장에만 있는 줄 알았다
내가 알았을 때는
이미 내 마음속에 들어와 있었지만
나는 알지 못했다
야간 고등공민학교에 다닐 때는
야학 선생님 옆에 서 있었고
노동조합을 만들기 위해 뛰어다닐 때는
나와 같이 뛰어다녔고
노동조합 간부가 되었을 때는
마주 앉아 자주 막걸리를 마셨다
전태일 하면 평화시장이었고
평화시장 하면 전태일이었던
그가,

오늘은 편의점 알바를 하고 있다
택배 상자를 나르고 있다
배달 오토바이를 몰고 상담 전화를 받고
계산대를 지키고 대리운전을 하고
김밥을 말고 야간 경비를 서고 있는
그가,
전태일 하면 노동자고
노동자 하면 전태일이 되었다

문학은 개뿔

철공소 시다였던 내가 조합원이 되었다
전태일이 된 것처럼 뿌듯했다
공장에서는 조합 간부로
거리에서는 연대의 짱돌을 던지고
밤에는 대학생이 되어
문학 모임을 통해 책을 읽었고 시를 썼다
머리띠가 밥이었던 시간,
펜이 칼보다 강하다는 말은
밥 한 그릇이 되지 못했다
열악한 노동 환경 앞에
믿음은 더 큰 믿음을 낳았지만
오늘도 만장이 맑은 햇살 아래 펄럭인다
펜은 늘 머리띠보다 늦었다
믿음은 믿음을 더 이상 낳지 못했다
징계와 해고 구속이
화염병과 짱돌 쇠파이프와 바리케이드가
오늘과 내일을 시퍼렇게 베고 지나갔다
문학은 고상한 이들의 겉옷

글을 잘 썼지만,
노동 운동을 선택한 이가 있었다
노동 운동에 더 적합했지만
문학을 버리지 못한 이들이 여지없이 깨졌다
한가하게 무슨—
개 풀 뜯어먹는 헛소리냐고
머리띠는 단호했다
오늘도 누군가 굴뚝에 오른다
삶과 문학이 하나라는 걸
그때는 아무도 가르쳐 주지 않았다

노동자와 노동시

그는 희귀종이다
그의 삶은 어떤 내밀한 언어로도
어떤 섬세한 곡조로도 표현할 수 없다
특히 아름다운 시어만으로
그의 삶에 덤볐던 이는 모두 실패했다
그의 삶이 단순했기 때문이다
다람쥐 쳇바퀴 돌 듯
해 뜨기 전에 길 나서고
해 지고 나서야 대문을 들어서는
이 명료한 삶에
다른 언어는 필요치 않았다
그가 먹고살기 위해 일하는 공장
그곳에는 땀내와 피 냄새가 코를 찔렀다
노예나 농노나 소작농이나 노동자나
표현은 좀 달라도 같았다
이 단순하고 명징한 삶을 표현하는데
어떤 매끈한 말이
어떤 다디단 문자가 알맞을까

새나 바람이나 별을 노래하는 것과는
분명 다른 문자가 있을 것이지만
무엇보다 슬픈 것은
이 희귀종은
자신을 노래한 노래는 부르지 않았다
그래서 영원히 사라지지 않을지 모른다

제3부

전설 같은 이야기

전설이 전설을 낳으려면
입과 입이 한통속이 되어야 한다
전설 같은 일이 되었지만
노동자가 모였다 하면 —
마산역 광장이요
삼각지 공원이었다
사시사철 피어 있는 꽃과
무성한 나무 사이 난 길을 걷고 있는
저 사람들은 알까 몰라
북소리 징소리 노랫소리 —
사람답게 살고 싶은 간절한 열망이 모여
진달래처럼 붉게 피어났던
누구랄 것 없이 가던 길 멈추고
한마음 한뜻이 되어
박수를 보내고 엉덩이를 걸쳤던
마산역 광장 삼각지 공원에는
노동자가 흘린 땀과 피와 열정의 시간이
차곡차곡 탑처럼 쌓여 있다

그 탑에 아침 해가 스며들면
쿵쿵—
쿵쿵—
심장 뛰는 소리가 마산수출자유지역을
창원공단을 깨운다
오늘도 나무 그늘 아래 엉덩이를 걸친 이나
꽃길을 걷는 저 사람들은 알까 몰라
마산이 일어나면
푸른 기와집 문패가 바뀐다며
사람들이 모이지 못하게
일부러 나무를 심고 화단을 만들어
광장을 메워버린 전설 같은 이야기를
정말, 알랑가 모를랑가

독수리오형제

푸른 하늘 저 멀리—
꿈꾸는 자 꿈 이루리라
노동조합 민주화를 위해 밤마다 날았던
독수리오형제*—
그 누가 막겠느냐
그 누가 막을 수 있겠느냐
뜯긴 살점이 부러진 뼈가 피가 되고 살이 되어
공업의 요람이 된 땅 창원
창원공단
공단 하늘 높이 높이 날아
조합원의 꿈이 되고자 했던
독수리오형제—
어용 노조를 꺾어 버리고
노동자를 위한 따뜻한 둥지를 틀자—
튼튼한 일터를 만들자—
따뜻한 집을 짓자—
그 열정의 시간이
지금도 가슴을 뛰게 만들지만,

막걸릿잔 부딪치며 했던 맹세는
푸른 하늘 저 멀리—
흩어진 지 오래
뜨겁게 잡았던 두 손은
차갑게 식은 지 오래
마창노련 전노협 민주 노조
두산기계노동조합
이름만 불러도 가슴이 쿵쿵— 뛰던
독수리오형제
장정철김일우김기영박태영표성배

* 두산기계노조를 민주 노조로 만들기 위해 조직된 활동가 모임.

밥그릇과 나란히

선택은 늘 절박함을 앞세운다
그래서 밥처럼 무겁다
바위처럼 신중하다
공짜 밥이 살이 되지 않는 이유가 여기에 있다
너무나 소중하지만 잊고 사는 공기처럼
어느 날 정치가 내 삶에 대못을 박는다
박힌 못 앞에서 이유도 모른 채
오늘도 비를 맞고 추위에 떨고 있다
노루발장도리 한 자루 없이
선택을 강요당하고 있다
밥 한 그릇 무게가 천근이 되는 이유다
선택은 늘 밥그릇과 나란히 서서
어머니를 떠올리게 한다
노동청과 시청 근로 감독관에게
심지어 대통령에게 편지를* 써도
근로기준법은 기업주의 사치품
그들에겐 절박함이 없다
하루 16시간 노동이 줄어들지 않는다

"누구 한 사람 죽는 것처럼 쇼를 한 판 벌려서
저놈들 정신을 번쩍 들게 하자"는** 계획은
계획이 아니었다
절박함의 무게였다
선택은 신중하게 목숨을 요구하고 있었다
공기처럼 무겁다
단단하게 박힌 못 하나를 뽑아내기 위해
온몸이 노루발장도리가 되었다
그 자리에 꺼지지 않는 촛불 한 자루 불을 밝혔다

* 안타깝지만 전태일 열사가 박정희 대통령에게 쓴 편지는 전달되지 못했다.
** 조영래, 『전태일 평전』(돌베개, 1991), 283쪽 중에서.

만국의 노동자는 하나다

베트남에 공장을 지었다
중국에 공장을 지었다
말레이시아에 공장을 지었다
나는 내가 다니는 회사가
그들 나라에서 노동법을 잘 지키고
산업안전보건법을 환경을
노동자 건강을 먼저 생각하며
기업 활동을 하리라 믿는다
1970년대 마산에 수출자유지역이 생기고
외자 기업이 들어오고
수출탑이 솟았지만 노동조합도 없었다
산업안전보건법은 태어나지도 않았고
노동자 건강보다는 기업 이윤이 우선이었다
환경을 파괴하고 노동력을 착취했던
외자 기업 횡포 앞에
우리도 사람이다 맞서 싸운 누이들,
일제 강점기 독립투사처럼
위장 폐업에 맞서 바다 건너 일본 본사까지

원정 투쟁을 간 한국수미다전기

한국산연 노동자들처럼

베트남 노동자가 중국 말레이시아 노동자가

창원공장 본사 앞에서 불법 해고 철회와

고용 보장을 외치는 일이 없기를—

나는 내가 다니는 회사가

그 나라 노동법을 잘 지키려 애쓰고

그 나라 노동자에게 인간답게 대우하기를

같은 노동자로서 바라보지만

내 바람이 무지개 꿈처럼

헛된 바람이라는 것을 너무나 잘 안다

노동자라고 같은 노동자가 아니다

철공소에 다닐 때도 그랬지만
중소기업에 다니는 지금도 그렇지만
대기업과 초대기업에 다니는 노동자와는
무엇하나 견줄 수 없다
회사가 이익을 남기는 것은
제품을 생산하는 노동자와
제품을 구매하는 소비자 때문인데
철공소에 다니는 노동자도
중소기업에 다니는 노동자도
심지어 실업자에게도 해당되는 일이지만
회사가 얻은 이익을 두고
대기업 사용자는 자기들이 잘해서 그렇다 하고
초대기업 사용자는 자기들이 더 잘해서 그렇다 한다
노동자와 소비자보다 주주가 우선이라고
배당금을 듬뿍 안겨주면서
너도나도 소비에 동참하라고 광고를 뿌린다
철공소 사장은 월급 주기도 빠듯하고
중소기업 사장은 상여금 주고 나면

남는 게 없다 한다
철공소 노동자들 월급이 밀릴 때
중소기업 노동자들 상여금이 밀릴 때
대기업 노동자들은 성과급을 위해
머리띠를 매고
초대기업 노동자들은 더 많은 성과급을 위해
생산 라인을 세우기도 한다
노동자는 같은 노동자라는데
아무리 생각해도
같은 노동자가 아니다

내가 아는 전태일은 여자였다

여자는 집안에서 살림하고
남자는 집 밖에서 일한다는 고정관념이
깨졌다
여전히 공장에서는 임금 차이가 있고
여전히 공장에서는 진급에 차별이 있고
여전히 사회 곳곳에서 남자보다
여자가 더 많이 차별받지만
언젠가부터 밥하고 청소하는
남자가 늘어났다
얼어붙은 시간이 점점 녹으면서
여자와 남자 사이 경계가 좁아졌다
회사 관리자 앞에서도
공권력과 맞설 때도
한 치 흔들림 없는 바위처럼
여자가 남자보다 더 묵직하게
제자리를 지켰다
그런 바위를 보면서
겨울 가면 봄이 오듯 알게 되었다

아내는 강하고
어머니는 더 강하다
하루 쉬는 날 밥하고 청소하고 빨래하면서
당신을 생각한다
어머니를 생각한다
내가 아는 전태일은 남자였다
내가 아는 전태일은 여자였다

내가 아니라서 다행이다

사방이 칼바람이라도
배가 고팠다
김 형이 난간에서 떨어져 실려 갔는데도
공장 식당엔 시끌벅적
사람들이 넘쳐났다
그랬다
밥 먹고 트림하면서
느릿느릿 봄 햇살 속을 걸어
작업장으로 가는 사람들 일상이
똑같았다
쇳가루로 뒤덮인 화단의 회양목
목련 배롱나무도
그대로였다
모과 향이 빠져나간 모과나무도
변함없이 그 자리를 지켰다
커피를 마시며 무슨 일 있었냐는 듯
너도나도 눈길을 외면했다
망치 소리 프레스 소리

쇠를 자르고 굽히고 두드리고
갈아내는 그라인더 소리에
더 집중했다
접근 금지 표시줄 너머에 힐끗힐끗
눈길을 주면서도
내가 아니라서 다행이었다
처음 공장에서 만나 악수를 했던
기억은 기억 너머에 둔 채
다음은 누구 차례일까
나는 먼 기억만 자꾸 더듬고 있다

비정규직

1979년 철공소에 취직했다
비정규직이라는 말은 없었다
중소기업에 취직했을 때도
비정규직이라는 말은 들어 보지 못했다
마산수출자유지역이나
창원공단에 취직하면 당연히
정규직이었다
아니,
비정규직이라는 말이 공장에는 없었기 때문에
정규직이라는 말도 없었다
생판 들어 보지도 못한 말
비정규직.
비정규직이라는 말이 아닌 밤중에 홍두깨처럼
머리를 쾅쾅 때렸다
산업별 노조를 만들기 위해 애쓸 때였다
아이엠에프 외환 위기 이후
기업은 외환 위기를 이용
상시 구조 조정, 쉬운 정리 해고

신입 사원 채용 대신 계약직 채용
생산 라인 아웃소싱을 통한
해고를 쉽게 하려 했다
노동자들이 뭉쳐야 할 이유를 찾으면
기업은 노동자들이 뭉치지 못하도록
더 빨리 더 많은 이유를 찾았다
노동조합이 더 큰 단결을 모색하면
기업은 더 크게 뭉치지 못하도록
미끼를 던지고 환경을 만들었다
지금은 비정규직이라는 말이 자연스럽다
노동자에게도 계급이 생겼다

황무지

1996년 새해 벽두
시퍼런 북풍이 공장을 할퀴고 갔다
지도부는 해고 구속되었다
직무 대행 체제하에 파업은 힘을 얻지 못했다
문틈으로 스며든 연탄가스처럼
보이지 않는 손이 숨을 헐떡이게 했다
반장과 조장이 파업 철회를 요구하며
조합을 탈퇴했다
한 번 레일을 벗어난 기차는
제자리로 돌아오지 못했다
어제까지 동지였으나
오늘부터 배신자가 되었다
일제 강점기 때도 해방 공간에서도
적보다 무서운 게 배신자였다
단단한 밧줄은 느슨해지고
막아 둔 둑이 흔들리기 시작했다
서서히 기계가 돌아가고 용접기가 불을 뿜었다
너도나도 분노했지만

너도나도 불안했다

놓치고 놓아버린 손들이 더는 잡을 곳 없을 때

싸움은 끝났다

목이 꺾였다 핀 봄꽃은 향기가 없었다

벌 한 마리 나비 한 마리 날아들지 않았다

공장이 황무지로 변했다

여름 장마가 더 걱정이다

지금도 우기고 있다

이만하면 배짱이다
자신을 속이는 것도 재주다
먹고도 먹지 않았다 우기는 것들이
세상에는 수두룩하다
지금도 그 이슬을 받아먹고 산다
말로 다 할 수 없는 일이 있듯
글로 다 표현할 수 없는 일도 있다
밭을 매든 똥을 푸든
사랑은 사랑이고 미움은 미움이다
1990년대 중반 두산기계노조와
두산기계주식회사가 그랬다
노동조합은 조합대로 어용 노조를 끌어내리고
민주 노조를 세웠다
회사는 회사대로 어용 노조를 밀어주고
민주 노조를 깨부수었다
자고 나면 수십 명 조합원이
구속 해고 정직 칼날에 피를 흘렸다
동지였던 조합원과 조합원 사이에도

메울 수 없는 금이 생겼다
노동조합과 회사가 같은 저울에 올라
서로 무겁다 무겁다 내기를 했다
강 가운데 서서 강을 건널 이유를 찾지 않았다
물은 점점 불어나고 몸은 점점 잠겼다
노동조합도 회사도 강물 속에서 허우적거렸다
조합원과 조합원도 강물 속에서 허우적거렸다
강물은 너무 깊었으며 물살은 너무 거셌다
회사는 소비자에게 신용을 잃었고
조합은 산산이 부서졌다
싸움은 완전히 패했다
그러나 패배는 패배가 아니라고
지금도 우기고 있다

전태일이 보이지 않았다

김 형이 엑셀을 타고 출근하더니
오늘은 박 형이 프라이드를 타고 출근했다
공장 주차장에 차들이 부릉부릉 — 늘어나기 시작했다
회사 높은 양반들이 타던 자가용을
너도나도 타기 시작했다
여전히 임금은 적고 일하는 시간은 길고
작업 환경은 불안전했지만,
조합원들이 공장 안 일보다
공장 밖 일에 더 관심을 갖는 동안
긴긴 겨울 추위와 비바람을 먹고 견딘
봄꽃이 피었다
이 봄이 영원할 것만 같았다
하지만, 핀 꽃은 쉬 시들었고
여름도 가을도 없이 겨울이 찾아왔지만,
좀 더 좋은 차를 타고
좀 더 비싼 낚싯대를 구입하고
좀 더 먼 해외로 여행을 떠나는 노동자가 늘었다
형들과 아우들과 통근 버스에서 내려

소주 한잔에 힘들었던 하루를 안주로 씹었던
시간은 먼 추억이 되었다
여전히 철공소에는 근로기준법이 없고
민주 노조에 대한 탄압도 멈추지 않았지만
노동 해방이 따로 없었다
1990년대 중반이었다
겉만 보면 공돌이 공순이로 불리던 노동자들이
꽃놀이패를 쥔 것처럼 어엿한 중산층이 되었다
더는 공장에 전태일이 보이지 않았다

날치기

작전명 ― 〈개작두〉*
1996년 12월 26일 오전 6시
영등포에 집결한 신한국당 의원 154명
국회 본회의장으로 이동
노동법을 날치기 통과
그들 숙원, 정리 해고가 쉬워졌다
발맞춰 아이엠에프 외환 위기가 닥쳤다
자고 나면 공장이 문을 닫았다
자고 나면 나라가 망한다고 떠들어 댔다
공장이 문을 닫고 나라가 망한다는데
노동자가 공장에서 쫓겨나는 것쯤은
아무것도 아니었다
구조 조정 반대 고용 안정 쟁취
외치는 구호가 달라졌다
노동 해방이 아니라 고용 보장을 외쳤다
대기업은 대기업끼리
중소기업은 중소기업끼리
개작두를 들고 춤을 췄다

그룹이 부도나고 해체되었다
부도 책임이 노동자 탓인 양
제일 먼저 노동자 목이 댕강— 날아갔다
두 번째도 노동자 목이 댕강— 짤렸다
댕강—
댕강—
개작두 앞에 내일이 날치기당했다
1997년이었다

* 정리 해고가 명시된 노동법 통과에 임의로 필자가 붙인 작전명.

소사장

구조 조정이 할퀴고 간 자리에
훈장처럼 상처가 빛났다
용접반이 없어지고
용접 반장이 사장이 되었다
제관반이 없어지고
제관 조장이 사장이 되었다
유압반이 정비반이 열처리반이 운반반이
설비반이 없어지고
조장이 반장이 사장이 되었다
어제까지 노동자가
오늘 사장이 되었다
용접 반장이 사장이 되었지만
용접 일을 하고 있다
제관 조장이 사장이 되었지만
제관 일을 하고 있다
유압반이 정비반이 열처리반이 운반반이
설비반이, 반장이 조장이 사장이 되었지만
사장이 아니다

노동자지만 노동자도 아니다
어제까지 한솥밥을 먹은
조합원이었으나 조합원도 아니다
새로운 계급이 생겼다
사장이지만 사장이 아니다
노동자지만 노동자가 아니다
소ㅡ사ㅡ장ㅡ
그들 옆에 언제 왔는지
전태일이 먼저 와 있었다

희망이라는 말

희망이라는 말은 얼마나 희망적인가
희망이 내일이기 때문이다
오늘 저 가시밭길 걸어도
참아낼 수 있는 것은 다 희망 때문이다
눈에 보이지 않는 희망
그 희망에 목숨 걸기도
한평생 붙들고 놓지 않기도 한다
표성배는 우리 집 희망이다
이대호는 우리 팀 희망이다
이번 프로젝트가 마지막 희망이다
그래서 희망 앞에 붙는 단어는
언제나 간절하다
희망 뒤에 슬쩍 숨어 있는 말
퇴직!
희망퇴직!
모집 공고가 붙으면 공장이 얼어붙는다
불안한 공기가 동료를 잡아먹는다
희망이 절망으로 바뀌는 데는

긴 시간이 필요치 않다는 것을
너무나 잘 알고 있기 때문이다
희망퇴직이란 이름으로
2015년에는 40%의 조합원과
40%의 사무직 사원이 공장을 떠났다
희망퇴직은 희망이 되지 못했다
퇴직한 이들이 비정규직이 되어
공장으로 돌아와 증명하고 있다
알면서 속고 모르면서 속으며 사는 게 삶이라고
또, 술잔을 돌린다
내일을 꿈꾼다

스물세 명

캄캄한 밤보다
새벽이 가장 어둡다고 한다
그 새벽길 묵묵히
함께 걸었던 동지들 이름을 불러본다
고난의 길이 따로 있을까
내일 밥 한 그릇이 불안한
그 길이 고난의 길,
꽉 잡았던 손 놓고 떠날 때마다
남은 이가 더 미안한 마음이라는 것을
새벽어둠만이 알고 있던 시간,
갈 길이 어둠에 묻힌다
어찌 마음속 갈등이 없었을까
손바닥에 남아 있는 온기가
식지 않도록 주먹을 쥐어본다
이 어두운 새벽을 강물처럼 견뎌야만
바다 같은 아침이 온다는 걸
누가 모를까마는
그 시간만큼 새벽별이 지는 속도로

희망을 놓았다 잡았다 했던

스물세 명

감미석 강경봉 강효철 김갑동 김기영

김승재 김일우 김종희 박상진 박철권

성점기 이상일 이상호 이익희 이진규

장정철 정병규 정승옥 정웅주 조영래

최환규 표성배 허경만

구속과 해고와 징계 속에서도

한 몸이 된

두산기계 마지막 조합원

그들이 전태일이다

너무 늦게 알았다

아이엠에프 외한 위기가 닥쳐도
공장에 일거리는 넘쳤지만
구조 조정은 비껴가지 않았다
100여 명이던 조합원이 20여 명 남았다
기계는 더 빠르게 돌아가고
프레스는 더 빨리 찍어내고
조립 라인은 가속도가 붙었다
용접기는 좀 더 길게 불을 뿜고 있다
새벽길은 어둡고 하늘에는 별 하나 없었다
아웃소싱 반대!
퇴사를 거부한 조합원이
텅 빈 책상 앞에 앉아 있다
망치질하고 기계를 돌리던 거친 손이
말간 책상 위에 진열되어 있다
두 눈만 두리번거리고 있다
사용자는 노동자에게 공짜 밥을 주지 않는다
쇠를 깎던 전태일이 주차 관리를 하고 있다
담배꽁초를 줍고 있다

화단 잡초를 뽑고 있다
책상 앞에 가만히 앉아 있다
희망퇴직서에 서명자가 늘어났다
용접 일이나 제관 일이나 설계 일이나
담배꽁초를 줍는 일이나 풀을 베는 일이나
공장에서는 똑같은 일이다
일류 제관사가 풀을 베도
일류 용접사가 담배꽁초를 주워도
노동자는 노동자라는 것을
전태일은 이미 알고 있었지만
우린 너무 늦게 알았다

안전사고가 이름처럼 당당한 나라

오늘도 누군가
집으로 돌아가지 못한다
내가 아니라서 다행이다
살얼음판을 걸으며 여기까지 왔다
무사해서 천만다행이라고
당신과 악수한다
먹고사는 일이
죽느냐 사느냐가 되었다
전쟁터가 따로 없다
오늘 죽지 않았다고
내일 또, 죽지 않는다는 보장이 없다
안전하게 일하는 것이
권리인 줄 몰랐던 철공소에서나
안전하게 일하는 것이
권리인 줄 아는 큰 공장에서나
일 년에 몇 명씩은 꼭 집으로 돌아가지 못했다
큰 공장이라고 해서
노동자가 안전하게 일할 수 있는 것은 아니다

튀어나온 물건에 맞거나
프레스에 눌리거나
높은 곳에서 떨어지거나
쇳덩이 사이에 끼이거나
밀폐된 작업장에서 질식하거나
구조물이 넘어져 매몰되거나
큰 공장이든 철공소든 노동자에게는
안전이 필수 조건이지만
아직도 이 땅에서 안전사고는
이름처럼 당당하다

너무 쉽게 잊는

대한민국 노동자가
약 이천만 명이라 한다
그중 천만 명이
법의 보호를 받지 못한다는 걸
나는 쉽게 잊고 산다
택배 학습지 보험설계 대리운전 노동자 같은
특수직 고용 노동자가 230만 명이 넘고
하청 간접 고용 노동자가 350만 명이 넘고
5인 미만 사업장에 일하는 노동자가
400만 명이 넘는다는데
대기업 정규직 공무원을 제외한
천만이 넘는 노동자가
법의 사각지대에 놓여 있다는 걸
당신은 너무 쉽게 잊고 산다
1970년 전태일은 한 명이었다
단 한 명이 천만 노동자 희망이었을 때
그의 어깨는 무거웠다
그의 등은 휘었다

단 한 명이라도 손을 잡아주었다면
그의 어깨는 좀 더 가벼워지고
그의 등은 휘지 않았을 것이다
천만 노동자가
천만 노동자 손을 잡아주기만 하면
한 명 전태일이
천만 이천만 전태일이 된다는 걸
우린 모르고 산다
세계 최장 시간 노동을 자랑하지만
선진국이 된 대한민국,
노동자를 혹사하지 말라
그의 목소리가
아직도 길을 잃고 헤매고 있다

길은 말하지 않는다

내가 공장에 취직했을 때
공장은 별천지 같았다
한 번도 보지 못한 별이 공장 천장에 떠 있었다
한 번도 맡아보지 못한 바람 냄새가
마음 저 밑바닥을 마구 흔들었다
한 번도 가보지 않은 길이
두려움이라는 것도 이때 알았다
그뿐이었다
내가 할 수 있는 일이라고는
쇠를 굽히고 자르고 붙이는
딱 그것뿐이었다
첩첩 산골 떠나와 바다를 처음 본 날
고향 푸른 산과 들에 풀과 나무와
맑은 하늘과 물은 더 이상 없었다
그날 이후 한 번도 생각해 보지 못했던
어머니 굽은 등과
아버지 야윈 어깨가 보였다
붉은 머리띠와 거대한 함성과 백골단과

쇠파이프와 닭장차와 군홧발이 눈앞을 막아섰다
용접 불빛과 그라인더 불빛
망치 소리와 프레스와
기름때 묻은 작업복과 징계와 해고와
투박한 안전화와 잘려 나간 손가락과
뜨거운 밥 한 그릇과
먹고살기 위해 죽어간 동료들과
거리에서 거리에서 쓰러져간
동지들 형형한 눈빛에
우리가 가야 할 길이 있다는 것을 알기까지는
그리 긴 시간이 필요치 않았다
그 길에 나는 오늘도 서 있다

제4부

마창노련

투쟁 하면 마창노련*
강성노조 하면 마창노련 사업장
마창노련 사업장 하면 빨갱이로 몰려
독재 정권과 자본의 주구 경찰과
구사대와 백골단에 맞서
독립운동가처럼 사선을 넘나들었던
마산창원노동조합총연합
노동자는 하나라는 단순하고도 명확한 명제를
연대의 가슴으로 실천했던 그들
노동자는 주는 대로 받아먹는 개가 아니라고
파업의 깃발 아래 기계를 세우고
사용자와 맞짱 떴던
승리든 패배든 우리가 거둔 결과에
서로 등을 두드려 주고
노동자 미래는 노동자 손으로
만들고자 했던 마창노련
장시간 노동에 직업병으로 산업 재해로
일하다 죽어가는 노동자 걸음을 세우고

노동자도 사람이라며

마창노련이 노동 해방 선봉대가 되었던

1987년,

사용자와 국가 권력을 상대로

노동자 권리를 쟁취하고

우리는 기계가 아니다

노동자를 혹사하지 말라

전태일 정신을 새기고 노동자 전위대로

대한민국 노동의 역사에 피를 바친 마창노련

지금도 마산 창원 하늘에는

마창노련 깃발이 핏빛으로 빛나고 있다

---

* 디지털창원문화대전, 집필자 김하경. 마산창원노동조합총연합은 1987년 경상남도
마산 창원에서 전국 최초로 결성된 노동 단체이다. 1995년 11월 전국민주노동조합총연
맹이 출범하면서 같은 해 12월 16일 해산하였다.

마창노련 테러 사건

정체불명 괴한들이 습격했다
명성황후를 시해한 왜놈같이
독립군을 빨갱이로 몰아 정적을 제거했던
이승만 정권처럼 백색 테러를 저질렀다
남북 전쟁 이후 백인 우월주의를 내세워
흑인에게 집단 폭력을 휘둘렀던
KKK단처럼 학생과 재야인사
심지어 노동자에게까지 테러의 칼날을 겨눴다
개돼지 취급을 받던 노동자들이
사람대접 받고자
기계를 세우고 라인을 세우고
공장을 세우자 눈에 불을 켜기 시작했다
그들 눈에는 오직 적뿐이었다
1988년 노태우 정권 출범 이후
마창노련에 대한 테러는
들불처럼 번지는 민주화 요구와
정치에 진출하려는 노동자를 탄압할 목적으로
행한 정치 폭력이었다

무엇보다 전국노동조합협의회 결성을
저지하기 위한 목적이 컸다*
이때 나일론 끈으로 손발이 묶이고
청테이프로 입이 봉해진 채 피를 흘리고 있었던
허재우는 광대뼈를
서종은 머리를 심하게 다쳐
수술을 받았다
수술대 위에는 전태일이 먼저 와 누워 있었다
1989년 9월 2일이었다

* 디지털창원문화대전, 집필자 김하경.

통일중공업노조 테러 사건

마창노련 선봉대
통일중공업노동조합
그들은 살인적인 탄압에도 끄떡하지 않았다
1987년 노조 민주화 투쟁 과정에서
13명이 해고되었다
마창노련에 대한 테러 사건이 일어나고
1989년 9월 3일과 4일 새벽 통일노조 간부
두 명에 대한 테러가 발생했다
4일에는 4공장 매각, 300여 명 사원 집단 해고 발표
20일에는 노조 간부 4명 기습 연행
22일에는 조호영 교선부장이
공장장이 휘두른 칼에
가슴이 찔리는 사건이 발생했지만,
10월 16일 선거에서 회사가 내세운 후보를 꺾어버렸다
회사의 공작은 수포로 끝났다
하지만, 18일 진영규 위원장과 조기두 부위원장을
경찰이 전격 연행하고
그날 밤 12명의 간부를 집단 연행했다

경찰 병력으론 노조 사무실 출입을 봉쇄하고

10월 29일에는 마창노련 사무실을

다시 급습하여 통일노조 조합원 6명과

조합 간부 19명을 연행했다

이러한 탄압에 맞서 마창노련은

11월 1일 산하 전 조합원 총파업을 선언하게 된다

이를 우리는 통일노조 사건이라 한다*

1970년에 한 명의 전태일이 있었지만

1987년 칠팔구 이후에는

모든 노동자가 전태일이었다

* 디지털창원문화대전, 집필자 김정호

딸들아 일어나라

17년 만이다
1987년 8월 한 달 20여 개 사업장에서 노조가 결성
41개 업체에서 노동 쟁의가 발생했다[*]
어김없이 직장은 폐쇄되고
구사대가 만들어졌다
여성 노동자들이 주축인 마산수출자유지역에서
폭발적으로 노동자 함성이 울려 퍼졌다
대투쟁에 참가한 수출자유지역 노동자가
2만5천 명에 달했다
한국TC전자 동경전자 한국중천
한국수미다전기 한국웨스트전기
한국스타 한국소니전자
태양유전…… 누이들 투쟁은 처절했다
구사대 폭행으로 후유증을 겪고 있는
전태일 이연실,
노조 인정과 임금 인상을 요구하는
여성 노동자를 무참히 짓밟았던
구사대,

그들은 여성이라는 인격체를 인정하지 않았다

여자와 남자를 평등한 사람으로 보지 않았다

시집 못 가게 얼굴에 문신을 새겨라

아기 못 낳게 자궁을 수박처럼 쪼개라**

이건 단순한 위협이 아니다

이건 단순한 폭력이 아니다

노동조합은 여성

구사대는 남성

회사는 위장 폐업

공권력은 투입되고 농성은 진압되었다

어두웠던 밤 지나 새벽이

얼어붙은 땅 녹아 새싹이

케케묵은 낡은 틀 싹둑 잘라 버리고,***

그 자리에 여성과 남성이 아니라

평등이라는 탑이 우뚝 솟았다

* 디지털창원문화대전, 〈7~8월 노동자 대투쟁〉, 김정호.
** https://gnfeeltong.tistory.com/39, 『언니들에게 듣는다』(한내, 2015).
*** 〈딸들아 일어나라〉 가사 일부.

세신실업 구사대 퇴치 투쟁

부분 파업 3일 만에 직장 폐쇄다
공장은 멈췄다
노동자가 파업으로 라인을 세운 게 아니라
직장 폐쇄로 노동자를 공장 밖으로 몰아냈다
자연스레 농성 투쟁이 시작됐다
최저 생계비 쟁취
동종 업계 수준 임금 인상 요구는
노동조합이 할 수 있는 합법적이고
최소한 요구였다
한 달 넘게 직장 폐쇄 중인 공장은
노동자들 땀과 눈물이 밴 소금이었다
1989년 4월 10일 새벽 4시 30분
고요히 잠들었던 그 시각
관리 사원들을 구사대로 조직하여
헬멧을 착용 쇠파이프와 괭이를,
악랄한 무기를 들고
300여 명이 넘는 구사대가 농성장을 침탈했다[*]
폭행으로 걷지 못하는 조합원을 감금하고

경찰은 뒤질세라 구사대에 폭행당한
노조 간부 10여 명을 강제 연행 구속했다
그러나 오전 9시 30분
삼미금속에서 대원강업에서 금성사에서 타코마에서
통일중공업에서 달려온 정당방위대**에 의해
투쟁 현장은 되찾았고 구사대는 줄행랑쳤다
다니는 공장은 달랐지만
노동자는 하나
연대 투쟁이 무엇인지 실천한 정당방위 대원들
출동한 전경들과 대치하면서도
한 치 흔들림 없었던 전태일
세신실업 구사대 퇴치 투쟁은
마창노련 역사에 길이 남는 이름이 되었다
자랑스러운 전태일로 우뚝 섰다

* 1989년 4월 10일 세신실업노조 속보.

** 노동자역사한내: http://www.hannae.org, 뉴스레터, 분류 〈노동자의 기록〉–1989년 세신
    실업 구사대 침탈과 마창노련 정방대_이영기(108호).

금성사 투쟁

팔칠 년 칠팔구 노동자 대투쟁은
공돌이 공순이라는 이름을 날려 버리는 투쟁이었다
노동자가 더는 노예가 아니라고
선언한 투쟁이었다
창원대로에는 불붙은 드럼통이 굴러다니는
전쟁터였다
삶과 죽음이라는 선이 있다면
삶과 죽음의 선 위에 서 있었던 시간이었다
하지만 죽음은 부활의 죽음이었다
금성사 조합원들 투쟁은 거대한 파도 같았다
1989년 4월 11일부터 5월 10일까지
노조 민주화를 외치며
만여 명 조합원이 똘똘 뭉쳐 파업을 벌였다
그러나 파업은 실패했다
이 파업으로 금성사는 1991년 4월
이균하 씨를 상대로 2백56억여 원이라는
상상할 수 없는 손해 배상 청구 소송을 제기했다
창원 1공장 노조 대의원 이균하 씨는 해고 상태였다

노동조합원 개인에게 기업이 청구한
최고의 손해 배상 소송 금액이다
전무후무했다*
이것이 전쟁이 아니라면 무엇인가
노동자는 적이었다
꼭 총을 들어야만 전쟁인가
1970년 전태일의 몸에 붙은 불이
아직도 꺼지지 않고 활활 타오르고 있다
파업은 실패했지만, 불이 꺼지지 않는 한
싸움은 끝나지 않았다

---

* 뉴스워치(http://www.newswatch.kr), 2020년 6월 15일.

삼미특수강 투쟁

연간 100만 톤 특수강 생산
세계 최대 규모 특수강 업체 삼미특수강
그러나 회사는 1992년 30% 감원설로
임금과 단체 협상 동결을 주장했다
8월 19일 대책위원회가 구성되고
행동에 나서자, 회사는
동결 대신 생산 장려금 25만 원을 던져주고
협상을 끝내려 했다
9월 1일, 7일 열릴 공청회 홍보를 하던 대의원이
관리자와 경비들에게 구타당해
실신하는 사건이 발생,
8일 아침 민주광장에 모인 조합원들에 의해
자연스럽게 총회가 열려
9월 14일 파업이 결정되었다
경찰은 핵심 간부들에게 사전 구속 영장 발부
공장 진입로인 봉암다리에 검문소 설치
삼엄한 경비로 출입을 통제했다
하지만, 조합원과 가족들은

쌀가마니와 라면상자를 짊어지고
공장 뒷산을 넘어
농성장에 보급품을 전달 투쟁을 이어갔다
경찰의 포위 고립 작전은 실패로 돌아갔다
강제 진압이 시작되었다
9월 22일 경찰은 헬기를 통해
선무 방송으로 위협하며
굴착기와 기중기를 앞세우고 최루탄을 쏘며 진입
조합원들은 화염병을 던지며 대항했다
경찰은 몇 차례 실패 끝에
9월 25일 새벽 5시 농성장을 진압했다
구속 18명,
징계위원회 회부 137명[*]
투쟁은 끝났다
아니, 투쟁은 실패했다
상처는 깊었지만, 그러나 오래 빛났다

* 디지털창원문화대전, 집필자 김정호.

역사의 수레바퀴

전노협 깃발이 펄럭이던 날
3당 합당으로 민주자유당이 탄생했다
1990년 1월 23일
나는 철공소에 출근하며
호외로 발행된 한겨레신문을 펼치고는
3당 합당에 욕이 먼저 튀어나왔지만
빛나는 전노협 깃발에 탄성을 질렀다
전노협 강령에는
주 44시간 쟁취
직종 남녀 학력 간 차별 임금 철폐
해고 실업 방지와 실업자 생활 대책 고용 안정 보장
산업 재해와 직업병 예방
단결권과 교섭권 단체행동권 완전 쟁취
노동 탄압 분쇄 공공 임대 주택 제도 확립
무상 의무 교육과 의료 보장 제도 실시
불평등한 조세 제도 개혁 복지 재정 지출 확대
모성 보호 외래문화 척결
언론 출판 집회 결사 시위 사상의 자유

조국의 민주화와 자주와 평화 통일
세계 노동자들과 국제적 유대 강화로
세계 평화에 기여
1970년 전태일의 염원이 전노협을 세웠다
역사의 수레바퀴를 굴리는 소리
새날이 밝아온다 동지여
한 발 두 발 전진이다
기나긴 어둠을 찢어버리고
전노협 깃발 아래*
나도 당당하게 서고 싶었다

* 〈전노협진군가〉 중 일부.

한일합섬

1967년 1월 마산에 하루 7.5톤
아크릴을 생산하는 한일합섬이 준공되고
1974년 4월 국내 기업 최초로
종업원을 위한 실업고등학교가 설립되었다
어린 여자애들이 평화시장으로 몰려가
봉제공장 노동자가 된 것처럼
마산 한일합섬으로 몰려들었다
한일합섬에는 노동조합이 있었지만
전태일은 없었다
내가 낮에 철공소에서 일하고
밤에 고등공민학교를 다닌 것처럼
아내도 낮에 한일합섬에서 일하고
밤에 한일여자실업고등학교를 다녔다
내가 밤에 공부하기 위해 낮에 더 애썼듯
아내도 밤에 공부하기 위해 낮에 더 애썼다
낮에는 기계 앞에서 두 눈 크게 뜨고
실과 원단과 관리자 폭언과 씨름하고
밤에는 꾸벅꾸벅 졸면서 내일을 꿈꿨다

그 꿈을 먹고 공장은 자라
김해에서 수원에서 구로에서 대구에서
수출탑을 쌓았으나
그만큼 마산 앞바다는 썩어 갔고
공든 탑은 여공들의 내일이 되지 못했다
1998년 공장 터를 주거와 상업 용도로 변경하고
2004년 돈 보따리를 안고 미련 없이
마산을 떠났다
그 자리에 50층짜리 아파트가 들어섰다
어린 여자 노동자들은
머리가 희끗희끗한 중년이 되었지만
높이 솟은 아파트 앞을 지날 때마다
아린 추억을 잘라내고 있다

이영일

1990년 5월 3일 8시
전신 3도 80분 화상
1공장 식당 2층 옥상에서 분신
불을 붙인 뒤 6m 아래로 투신
군부 독재 타도!
노동 탄압 중지!
회사는 각성하라!
이 세 마디 구호가* 전부였던 사내
죽어서도 통일중공업 자본과 싸우겠다
화장하여 회사에 뿌려달라던
전태일이 된 이영일 열사
그는 효심이 남달랐던 아들이었다
7년 동안 투병 중인 어머니를
형사들이 찾아가 괴롭히고 협박했다는 것을 알고
무척 괴로워했다
경찰의 집요한 노조 탄압 공작과
어머니에 대한 효심과
노조 간부라는 책임감 사이에

나 자신이 놓여 있다면
나는 어떤 선택을 했을까
암흑 속을 걸으며 새벽을 꿈꿨던 한 사내
3천여 명 특수기동대원들에 의해
탈취된 시신
이에 저항하다 연행된 149명의 전태일
창원병원과 경남대학교 마산 불종거리에
수많은 횃불이 켜졌다 꺼졌다
그는 강원도 양양에서 태어나 꿈을 키웠고
경남 창원에서 영원히 살아 있는
전태일이 되었다

* 디지털창원문화대전, 집필자 김정호.

임종호

동지에 대해서는 봄날처럼 따사롭고
투쟁에 대해서는 여름날처럼 뜨겁고
개인주의에 대해서는
가을바람이 낙엽 쓸어버리듯 하고
적에 대해서는 엄동설한처럼 냉혹해야 한다는
옥중 편지글에서
노동조합 간부와 활동가의 자세를 지적하며*
자신을 곧추세웠던 전태일 임종호 열사
1982년 고등학교 졸업하기도 전에
동양기계에 입사하여
1987년부터 88년 정당방위대에서 활동했다
1989년 창원대로 투쟁에 참여 수배 구속되어
1년 6개월 실형 만기 출소하였으며
1991년 굴뚝 농성 투쟁에 가담하여 2차 구속
실형 10개월을 선고받았다
재판 과정에서 "잠깐 하면 된다"며
수갑을 풀어주지 않고 재판을 강행하자
저절로 **빠저나온** 수갑을 재판장에게 던짐으로써

법정모독죄로 실형 3년이 추가 선고되었다
노동자 자존심으로 당당하게 맞섰던 그는
1994년 9월 18일 새벽
진주교도소 독방에서 옥중 의문 사망했다**
그는 평소 사소한 일에도 목숨을 걸어야 한다고
외쳤던 비타협적 투쟁의 길을
온몸으로 걸어간 불같은 전태일이었다

---

* http://blog.daum.net/mshskylove/15766502 (터사랑에서), http://tongiltu.cafe24.com '열사
방'.

** 디지털창원문화대전, 집필자 이성철.

정경식

2010년 9월 8일
23년 만에 장례를 치른다
민주 노조 건설 과정 의문사한 정경식
실종 9개월 만에 유골로 돌아온
김을선 아들,
타살 흔적 곳곳에 보였지만
자살로 결론 내린 경찰
1984년 5월 창원공단 대우중공업에 입사한 그는
노동조합 활동가 김효영을 만나
의기투합 민주 노조 활동에 적극 참여하게 된다
1987년 6월 8일 외출한 뒤 실종
산불, 밤나무 가지, 체중, 타버린 옷, 멀쩡한 출입증
한 가지도 풀리지 않는 의문만 남긴 채
2004년 6월 24일 2기 의문사위원회로부터
'진상 규명 불능'이라는 결정을 통보받는다
우리는 열사가 왜 죽었는지 아직도 잘 모릅니다
누가 죽였는지 아직도 모른다는
전재환 민주노총 인천본부장의 말이

열사의 죽음을 더욱더 안타깝게 한다
어찌 정경식 열사의 죽음뿐이겠냐
아들의 사진을 들고 꽃이라도 많이 놓아 달라는
어머니 김을선은, 가거라 좋은 데, 가거라
미안하다 편히 쉬라
노동자의 밑거름이 되어라
마지막까지 경식이를 해친 사람이
양심선언을 한다면 경식이가 살아오는 것은 아니지만
그 사람을 용서해 주고 싶다는*
어머니 김을선 손을
전태일이 가만히 잡아주었다

* 노동과 세계, "노동해방 불꽃 정경식 열사여! 편히 가소서!" (2010년 9월 8일).

배달호

육중한 정문을 지나
집회장으로 가는 내내
창원 귀곡동 골짜기를 타고 내리는
매서운 바람 소리를 꺾는
호루라기 소리
노동자광장을 에워싼 분노의 만장과
노동조합 깃발을 넘어뜨리려는 바람 앞에
두 눈 시퍼렇게 뜨고,
그는 호루라기를 불며 버티고 있었다
2003년 1월 9일 손해 배상 가압류 철회
노조 말살 중단을 요구하며
창원 귀곡동 전태일이 된 배달호
열사는 파업 투쟁에 누구보다 헌신적이었다
징계와 부당 해고에 맞서 싸우다 구속
출소 이후 끊임없는 재산 가압류와 통제 감시를 받다
두산중공업의 노조 말살 정책에 맞서
노동자광장에서 분신 전태일이 되었다
부당함을 이기기 위해 혼자 공부를 시작했던

116

아름다운 청년 전태일처럼
그는 대의원보다 간부보다 노조 활동에
앞장섰던 조합원이었다
그는 묵묵히 자신이 해야 할 몫을
실천했던 실천가였다
아이들에게는 따뜻한 아버지였고
자상한 남편이었던 그는
오늘도 거센 파도 앞에 서서
손배가압류 철회!
노조법 2, 3조 개정!
'노란봉투법' 쟁취를 외치며
여전히 호루라기를 불고 있다

꽃이 된 이름

1991년 하늘은 검은빛이었다
백골단의 무자비한 쇠파이프 폭행에
4월 26일 명지대생 강경대가 살해당했다
강경대를 살려내라
책임자를 처벌하라
노태우 정권 퇴진 백골단 해체
마산 불종거리 어시장 앞 도로에는
젊은 죽음을 슬퍼하는 분노로 가득했다
지금도 많은 이들 가슴에 남아
상처가 된 이름들
4월 29일 전남대생 박승희가 분신했다
5월 1일 안동대생 김영균이
5월 3일 경원대생 천세용이
5월 8일 전민련 사회부장 김기설이
5월 10일 노동자 윤용하가 전태일이 되었다
박창수 이정순 김철수 정상순 김귀정……
잊을 수 없는 이름이 이보다 더 많지만
조선일보에 기고한 칼럼에서

죽음의 굿판 당장 걷어치우라고 외쳤던
한 시인을 잊을 수 없다
시의 길과 삶의 길이 다른 게 아니라
하나라는 것을 이때 알게 되었다
어느덧 반백의 머리가 되어
창동네거리 불종거리 어시장 골목을 걸으며
대한민국 민주주의 재단에 바쳐진
잊을 수 없는 꽃
영원히 지지 않을 꽃
꽃이 된 이름을 불러본다

반성문

성대한 장례식을 준비하지 못했습니다
아예 탈상은 꿈도 꾸지 않고 있습니다
구천을 떠도는 영혼이 얼마인지 모릅니다
마지막 유언마저 지키지 못했습니다
절대로 용서해서는 안 됩니다
오늘도 반성문을 쓰듯 일기를 쓰는 이유입니다
쇠 깎는 기계가 멈추지 않았을 때
재봉틀이 멈추지 않았을 때
망치 소리가 멈추지 않았을 때
조립 라인이 멈추지 않았을 때
그 옆에는 어김없이 전태일이 있었습니다
쇠 깎는 기계가 멈추었을 때
재봉틀이 멈추었을 때
망치 소리가 멈추었을 때
조립 라인이 멈추었을 때
우리는 슬픈 장례식을 준비해야 했습니다
분노만으로는 만장이 되지 못했습니다
분노만으로는 눈물을 닦아주지 못했습니다

분노만으로는 희망이 되지 못했습니다
그러나 우리는 또 분노하지 않을 수 없습니다
멈추지 않는 기계 앞에서
멈추지 않는 조립 라인 앞에서
나 자신에게 먼저 분노하고
동지의 어깨를 감싸주어야 하지만
늘 손가락은 밖을 향해 있었습니다
어둡고 캄캄한 밤일수록
누구보다 한 발 먼저 길 나서던
전태일이 된 당신을 잊지 않기 위해
날마다 반성문을 씁니다

나비 효과

현대자동차 노동자들이 임금 협상을 한다
파업 찬반 투표를 한다
파업을 한다
협상 타결을 한다
현대자동차 노동자와 상관없는 철공소 노동자와
중소기업 노동자가 먼저 언론을 탄다
착한 노동자가 된다 ── 오 저들을 용서하세요
현대자동차 노동자가
성과금과 타결 격려금을 받으면
철공소 노동자와 중소기업 노동자는 욕부터 한다
── 마귀가 따로 없어 마귀가 따로 없어
언론은 철공소나 중소기업 노동자 편이라도 된 듯
현대자동차 노동조합을 자근자근 씹는다
── 오 정말 마귀가 따로 없어 따로 없어
언론이 씹고 뺄지 않아도 아는 사람은 다 안다
그들은 임금을 올리지 않아도
중소기업 노동자보다 더 많이 받는다
그들이 임금을 동결하기만 해도

철공소 노동자와 중소기업 노동자는
임금이 깎인다 — 오 정말 마귀야 마귀
중소기업에 다니는 내가
현대자동차 임금 협상에 마음이 가 있는 것은
내 임금이 오를지 깎일지
그들이 결정하기 때문이다
노동자는 왜 1억을 받으면 안 되나
2억 3억을 받으면 안 되나
1억 받는 노동자가 왜 파업하나 욕하지만
그들이 내 임금을 결정한다
그들이 전태일이다
— 오 저의 입을 찢어주세요

마창노련문학상

마창노련 깃발이 내려지고
민주노총 깃발이 올랐다
누구는 봄처럼 환호하고 겨울처럼 찡그렸다
1995년이었다
노동 환경이 급하게 변했다 말하지만
유급 휴가가 아니라 개인 연차를 사용해
여름휴가를 가는 기업이 있었다
대한민국에서 제일 오래된 기업
100년이라는 길고 긴 역사를 가진 두산그룹
여름휴가 유급 3일을 보장받는데
창원공장에서 수원 병점공장을 거쳐
그룹 본사가 있는 서울까지 머리띠를 매고
몇 번의 여름을 넘기고 나서야 유급 휴가를 보장받았다
한 번 목소리 높여 노동자 권익이 복지가
삶의 질이 달라졌다면
대한민국에 전태일은 없었을 것이다
100년 동안 내려온 무급 휴가를
유급 휴가로 바꿔낸 싸움의 기록

'우리의 요구는 너무나 작은 것입니다'를 시로 써서
마창노련 마지막 '들불 대동제' 문학 공모에서
마창노련문학상을 받았다
나는 전태일문학상을 받고 싶었다
전태일 정신이 오롯이 살아 있는 시를 쓰고 싶었다
그러나 전태일 정신이 무엇인지 잘 알지 못해
전태일문학상을 받지 못했다
직접 몸으로 겪은 이야기를 시로 써서 받은
마지막 마창노련문학상
마창노련문학상이
오늘도 나를 노동자 곁에 세우고 있다

마산창원이 자랑스럽다

마창에는 3·15가 있고
김용실 김영준 김영호 강윤기 김주열이 있고
4·19가 있고 10·18이 있고
팔칠 년 칠팔구가 있고 마창노련이 있고
열사 정경식이 있고 이영일 임종호가 있고
배달호가 있고 노동 야학이 있고
가톨릭여성회관이 있고
노동자 학교가 있고 양산박이 있고
대문집이 있고 막걸리 장단이 있고
통일중공업 노조가 있고
대림자동차 대원강업 경남금속 한국TC
금성사 삼미특수강 삼화기계 한국웨스트
한국수미다전기 한국산본 한국산연 효성중공업
세신실업 삼미금속 두산유리 한국중공업
동서식품 한국화낙 현대정공 기아중공업……
두산기계가 있고
철공소가 있고 한일합섬이 있고
창원대로에 불붙은 드럼통이 있고

마산수출자유지역이 있고
삼각지 공원이 있고 마산역 광장이 있고
육호광장 불종거리 창동 어시장
경남대학교 남성동파출소
양덕파출소 북마산파출소가 있고
무학산이 있고 팔용산이 있고 천주산이 있고
어린 노동자가 있고
어린 노동자 손을 잡아주던 형들이 있고
어김없이 전태일이 있고
전태일 앞에 전태일
전태일 뒤에 전태일이 있는
마산창원,
나는 마산창원이 자랑스럽다

전태일은 누구의 전태일이 아니라 모두의 전태일입니다. 바로 이 땅 노동자 당신이 전태일입니다.

철공소, 1979년 2월 22일, 열다섯 살, 첫 출근, 마산, 비, 빽빽한 시내버스, 질퍽한 길, 가로수 수양버들, 삐걱대는 공장 문, 장작불, 기계 소리, 쇳가루, 용접 불빛, 악다구니, 도시락. 사람은 기억하고 싶은 것만 기억한다고 합니다. 기억을 더듬어도 제 기억에는 새로운 것이 들어올 공간이 없습니다. 그렇다고 없는 기억을 더듬는 것도 부질없는 일입니다. 공장은 두려웠습니다. 왜 두려웠는지 기억나지 않지만, 큰 소리를 내며 돌아가는 기계, 보기만 해도 눈이 멀어버릴 것만 같은 용접 불빛, 기계 앞에 산처럼 쌓여 있는 날카로운 칩이 나에게 달려드는 것 같았습니다. 몇몇 시다가 있었지만, 그들은 공장 여기저기 구석구석 잘도 뛰어다니는데 발걸음이 잘 떨어지지 않아 첫날부터 눈총이었습니다. 첫날 하루가 쏜살같았습니다. 나는 시다 중 키가 제일 작았고 나이도 제일 어렸습니다.

잘 왔든 그렇지 못했든 지난 길은 지난 길입니다. 지금

와서 지난 길을 되새기고 내일을 생각하고자 하는 것은
아닙니다. 그냥, 걸어온 길에 관해 이야기하고 싶었습니다.
누구든 자신이 걸어온 길이 소중하지 않은 길이 있겠습니까.
열다섯 살 처음 바다를 봤을 때 시골 우물 속을 떠올려야
했지만, 저는 너무 어렸고 앞에 놓인 길은 우둘투둘 돌멩이
길이었습니다. 너무 이른 시간에 너무 많은 일이 한꺼번에
큰 파도처럼 몰려왔습니다. 그 파도를 안아 들이기에는
가슴이 너무 작았습니다. 그 작은 가슴에 기술자 형들과
전태일 이름 석 자가 들어앉고부터 공장은 삭막한 곳도
심지어 두려운 곳도 아니었습니다.

그때는 몰랐지만 지나고 보니 기계 소리 앵앵거리는 공장
이지만, 철공소는 단순한 공장이 아니라 가족이 모여 사는
집 같았습니다. 기술자 형들은 두렵기도 했지만, 가슴이
넓은 큰형님 같았습니다. 욕과 악다구니 속에서 나 자신과
싸우며 발버둥 쳤던 철공소, 철공소는 잘 짜진 서열에 의해
움직이는 군대 같았습니다. 그 속에서 아침을 맞고 저녁을
보내며 기술을 익히고 서열에 익숙해지며 점점 어른이 되었
습니다. 공장이 일만 하는 곳이 아니라는 것을 알게 해
준 시간, 그 공장에서 일하는 노동자들이 사람답게 사는
게 어떤 것인지 알려준 시간, 그 공장에서 보낸 시간을
잊지 않기 위해 40년이 지난 기억을 다시 소환합니다.

야간 중학교, 젊은 선생님, 전태일, 노동자, 마산수출자유

지역, 창원공단, 한일합섬, 독재, 부마항쟁, 광주, 팔십칠년 칠팔구, 백골단, 노동조합, 마창노련, 노동 열사, 구조조정, 징계, 해고, 민주주의, 시집을 펼치면 이런 생각을 하리라 봅니다. 1980년대도 아니고 거칠고 목소리만 높은 이런 시를 지금도 쓰고 있다니, 이런 시가 왜 필요하지, 시대가 얼마나 변했는데, 아직도 전태일이라니 하고 말입니다. 맞습니다. 더는 이런 시가 필요한 시대가 아니기를 간절히 바랍니다. 시대는 변한 것이 맞습니다. 그것도 좀 더 일하기 편하고, 좀 더 사람 대접받으며 일할 수 있는 환경으로 변한 것을 부정하지 않습니다. 하지만, 지난 시간이 없는 지금이 있을 수 있을까요. 어제 없는 내일이 있을까요. 시대가 변했다고 하지만 부정할 수 없는 것은 40년 전이나 지금이나 나는 노동자입니다.

신문도 티브이도 시대가 변했다 합니다. 시대가 변한만큼 노동 환경도 따라 변했다고 합니다. 이런 말만 들으면 그냥 변한 줄 압니다. 노동자가 가만히 있는데 사용자가 노동자의 손을 따뜻이 잡아줄까요. 턱도 없는 일입니다. 1970년 전태일의 외침이 오늘날 대한민국의 노동자를 있게 했습니다. 전태일을 뒤따른 수많은 전태일이 지금 노동자의 모습을 만들었습니다. 오늘 대한민국에서 살아가는 노동자는 누가 뭐래도 전태일 이름 석 자를 밟고 가지 않은 노동자가 없습니다. 처음 토요일 오전 일을 마치고 퇴근할 때를 기억합니다. 처음 주 5일 근무가 시작되었을 때를 기억합니다.

시대가 변한 것은 그냥 변한 것이 아닙니다. 이 땅 노동자에게 공짜로 주어진 것은 하나도 없습니다. 누군가 희생으로 쥐꼬리 같은 임금이, 열악하기 그지없던 일터가, 쉬면서 일할 수 있는 근로 조건이 만들어졌습니다. 변한 것이 중요한 것이 아니라 어떻게 변했냐가 중요합니다. 그런데 우리는 지나온 가시밭길을 너무나 쉽게 잊고 삽니다. 조금만 주위를 둘러보면 눈에 띄거나 발에 밟히는 게 노동자가 처해 있는 열악한 환경이지만, 애써 외면하고 있지는 않은지 의심이 들 때가 많습니다. 이렇듯 노동자의 삶은 1980년대나 지금이나 사실 변한 것이 없습니다. 무엇보다 앞으로의 삶이 지금보다 더 나아지리라는 보장이 없다는 것이 더 큰 두려움입니다.

참으로 거칠고 투박하기 이를 데 없는 지난 시간을 어디 잘 정돈된 진열장에 앉히기에는 너무나 어울리지 않는 몰골입니다. 생긴 대로 살자는 말이 있습니다. 제가 걸어온 길이 그랬습니다. 황량하기 이를 데 없는 시간도 지나고 나면 아름다운 추억이 된다고 하지만, 그렇기에는 현실이 너무 가혹합니다. 아무리 시간의 태엽을 감아도 아름다운 꽃보다는 쇳덩이가 먼저 다가섭니다. 꽃향기보다는 쉰내 나는 땀 냄새가 훅 코를 찌릅니다. 형형색색 빛깔보다는 음침한 흑백이 눈앞을 가립니다. 가슴이 따뜻한 온기로 가득한 추억보다는 핏빛 선혈이 발밑을 적십니다. 정제된 언어보다는 쌍욕이 먼저 튀어나옵니다. 그래서 아직도 공장을 벗어나지 못하는 시를 쓰고 있는지 모릅니다.

시집 『내일은 희망이 아니다』 이후 목소리 높은 시를 쓰지 않기로 했습니다만, 그럴수록 열다섯 살에 시작한 공장 생활이 떠올랐습니다. 공장에 다닌 이유가 단순하게 밥 때문이었다면 공장 생활에 만족했을지도 모릅니다. 공장에 다니고부터 밥은 굶지 않았으니까요. 공장은 논이라는 말을 귀에 딱지가 앉도록 아버지와 어머니에게서 들었습니다. "애야 도시에서 공장은 논인기라." 이 말은 그냥 말이 아니었습니다. 아버지의 아버지가 농사를 짓고 자식을 낳아 기른 것처럼 공장에서 밥을 만들고 그 밥으로 아이들을 키우고 그 아이들이 또 아이를 낳는 상상을 합니다. 그런데 왜일까요. 우리는 대대로 이어온 이 농사법을 아이들에게는 물려주지 않으려 합니다. 여기서 의문이 생길 수밖에 없습니다. 그래서 도대체 노동자는 누구인가. 노동자 당신은 누구냐고 시집 『당신은 누구십니까』를 통해 거친 질문을 던졌습니다. 하지만, 현실은 여전합니다. 우리 아버지 어머니가 그랬듯이 내 아이들이 공장 노동자가 되는 것을 바라지 않습니다. 이런 비극이 이 땅에는 여전히 대물림되고 있습니다. 적확한 표현이 될지는 모르지만, 노동이 제 가치를 존중받지 못하기 때문은 아닐까 짐작만 해봅니다.

나에게 공장은 단순한 공장이 아닙니다. 노동자가 하루

내내 가장 많은 시간을 보내는 곳이지만, 공장은 추억이 될 수 없었습니다. 땀과 눈물과 피가 흐르는 곳이지만, 땀의 가치를 인정받아 본 적이 없는 곳입니다. 망치 소리 용접 불빛이 흐르는 시를 쓴 곳이지만 그 시가 노동자 가슴을 울려주지는 못했습니다. 나아가 시가 무엇을 할 수 있을까를 고민 한 곳이지만 시가 아무것도 할 수 없다는 것을 알아버린 곳이 공장입니다. 그런 공장을 되돌아봅니다. 단 한 가지도 제자리에 놓여 있는 게 없습니다. 그게 40년 넘게 공장과 함께 걷고 뛰고 숨 쉰 흔적입니다.

돌아보면, 골과 골에서 모인 물이 강물이 되어 푸른 바다에 닿는 시를 쓰고자 했으나 내 시에는 흙냄새 대신 피 냄새가 더 많이 났습니다. 언젠가 공장을 떠나야 할 때가 오겠지만, 그때는 또, 공장이 어떤 모습으로 다가설지 1979년 2월 22일 공장에 첫발을 들이던 때처럼 두렵기만 합니다.

당신이 전태일입니다

초판 1쇄 발행 2023년 10월 24일

지은이 표성배
펴낸이 조기조

펴낸곳 도서출판 b
등   록 2003년 2월 24일 (제2006-000054호)
주   소 08772 서울시 관악구 난곡로 288 남진빌딩 302호
전   화 02-6293-7070(대) 팩시밀리 02-6293-8080
누리집 b-book.co.kr 전자우편 bbooks@naver.com

ISBN 979-11-92986-13-5   03810
값_12,000원

* 이 도서는 2023년도 한국문화예술위원회 아르코문학창작기금
  발간지원 사업에 선정되어 발간되었습니다.
* 이 책 내용의 일부 또는 전부를 재사용하려면 저작권자와
  도서출판 b 양측의 동의를 얻어야 합니다.
* 잘못된 책은 구입한 곳에서 교환해드립니다.